I0639085

HISTOIRE

DE

JACQUES FERU,

ET DE

VALEUREUSE DAMOISELLE

AGATHE MIGNARD;

Ecrite par un Ami d'iceux.
Avec des Airs notés.

A LA HAYE;

Et se trouve à PARIS,

Chez CUISSART , Pont - au - Change,
à la Harpe.

M. DCC. LXVI.

AVERTISSEMENT.

CEs Mémoires font tirés d'un Manufcrit fort ancien , puifqu'il eft du quatorziéme fiécle. On a même été obli. gé d'y faire plufieurs changemens pour le rendre intelligible. L'Hiftoire de Pierre le Long fera caufe qu'on fera fouvent de pareilles recherches ; mais il fera difficile d'en trouver d'un ftyle auffi agréable. Du moins, on aura le mérite de servir de luftre à cet ingénieux Ouvrage.

A

MADEMOISELLE***

V Ou s m'avez fait lire Pierre
le Long ; vous avez voulu que
j'écrive dans ce genre, j'ai es-
sayé de vous satisfaire : daignez
donc accepter une plaisanterie
que vous avez fait naître, & ne
doutez plus du pouvoir que vous
avez sur moi. En rendant ceci
public, je ne sens que l'avan-
tage de publier aussi les senti-

mens d'eſtime & d'amitié que
je vous ai voués , & avec leſ-
quels je ſerai toujours ,

MADEMOISELLE,

Votre très-humble &
très-obéiſſante ſervante,
* * *.

PRÉFACE.

D'Aucuns s'émerveilleront fans doute que je fois affez ofé pour écrire une Hiftoire, puifqu'en fuis moi-même tout ébahi; car, à dire vrai, fuis plus adroit à tirer arquebufade, qu'à toucher une lire; icelle ne rend fous mes doigts que des fons difcordans. Mais pour parler d'un fien ami, faut-il donc être en acointance avec les Mufes ? Nul befoin ne le re-querre. Pource, je crois, le cœur feul fuffit. » O mon féal ! toujours le » mien eft à toi ! bien que tu fois tré-

» paſſé ! & puiſque n'ai plus l'heur de
» te voir, je vais me remémorer les
» gentils inſtans qu'ai paſſé près de toi,
» qui ſont les plus doux de ma vie.

HISTOIRE

DE

JACQUES FERU,

ET DE

VALEUREUSE DAMOISELLE
AGATHE MIGNARD.

CHAPITRE PREMIER.

*Comment Ambroise Incour s'avisa de
la gentilleſſe de Jacques Feru.*

R c'étoit ſous le Régne du
bon Roi des Francs, Charles
huit , dit *le Courtois*, que
moi Ambroiſe Incour , m'acointai de
Jacques Feru ; lui , & puis moi , ſer-

A v

vions sous les ordres de Sire de la Tré-
moille , qui , par sa rare vaillantise ,
fut surnommé le Chevalier *Sans-Re-*
proche , surnom qu'en son armée un
chacun mêmement tâchoit de mériter.
Après que ledit Sire eut gagné la bataille du Cormier en Bretagne , nous
eûmes un peu de répit. Lors m'avisai
de la courtoisie de Jacques Feru , m'ad-
venoit mille fois plus que pas un de
nos Gendarmes. Ses propos étoient
gentils , sa figure mignarde , ses actions
allegres ; bref , me prins d'affection
pour icelui : ce qui servit à l'aggrandir
encore , c'est qu'il arriva qu'un sien
ami prit querelle avec un des miens.
Donc ils se gourmandent ; ne voilà-
t-il pas qu'iceux veulent que Feru , &
puis moi , soyons témoins. En outre ,
ils nous exhortent mêmement de nous
battre pour passer le tems ; mais nous ,
sans faire ce que requeroient ces
forcenés , nous devisons , tenons pro-

pos joyeux; ce qui grandement courrouça nos dueliftes , leur prenoit fantaifie de jetter leur ire fur nous , quand
leur dis :

» Braves Compagnons , trève à fâ-
» cheries quelconques , vo tre courage
» on connoît. N'en avons-nous pa
» donné moult preuves enfemblement ?
» Donc , faut le réferver contre les
» ennemis de notre Prince. Vous allez
» vous entretuer pour une égrillarde qui
» peut-être fe gauffe de vos débats ,
» avec un Jouvencel plus à fa guife
» que vous. En tout faut imiter les Hé-
» ros ; fçavez que la conftance n'eft le
» partage d'iceux.

Après ce colloque , on quitta fa per-
tuifane,puis un chacun s'achemina vers
fon manoir.

A vj

CHAPITRE II.

Jacques Feru se dolente ; son féal s'enquête pourquoi.

UN jour il advint que vis l'ami Feru dans une très-grande détresse : lors lui dis : » qu'avez donc, l'ami ? vous, que » de coutumance, on voit joyeux & » dispos, vous voilà tout en déconfort. » Ce peut-il qu'auriez des angoises & » que m'en feriez secret, à moi qui suis » vôtre ? A ce dire, faisant sortir pro- » fond sopir de sa potrine : lisez ce qu'é- » crit la mere à moi, dit mon féal : » puis donnant missive, je lus ce qu'al- » lez voir.

LETTRE

De Dame Feru, à Messire son fils Jacques Feru.

ON a sçu vos ébats avec la grande *Jeanne. Du depuis un chacun dit,* que ne méritez plus d'avoir pour Femme Damoiselle Agathe : icelle de vous ne se plaint aucunement ; mais Messire son pere se courrouce , & dit , que ja n'aurez sa Jouvencelle : à celle fin de prouver ce , voilà qu'il l'accorde aux Suppliques d'un riche Citadin , qui la pourchasse depuis qu'êtes à guerroyer. Comme ne vous enquétez plus de ladite Damoiselle , crois bien que déloyale seulement pour icelle n'avez souvenance aucune de sa courtoisie. Quoique soit , vous avertis toujours pour que vous avisiez ce que ferez. N'en suis ne plus ne moins votre mere , comme êtes mon cher fils.

» Vous avez donc une mie , dis-je » à Jacques ? Las ! oui , me répond-il , » & la perle des mies , tandis que suis » deloyal en son endroit , le plus de- » loyal qui fut onc. Ah ! si vous sça- » viez tous les méfaits de votre ami , » plus ne serois votre féal. » Puis se dé-

tournant de moi , vis bien que c'étoit
pour me cacher qu'il larmoyoit ; ce qui
étrangement me mut de pitié. Lors le
preſſai d'épancher ſon cœur dans cetui
d'un ami. Auſſi fit-il , comme verrez ſi
liſez.

CHAPITRE III.

Où l'on apprendra la cauſe de la
détreſſe de Jacques Feru.

M ON ami print la parole , & dit :
Suis né à Paris, comme ſçavez. Mon
pere, qu'eſt deffunt , me laiſſa quelques biens, que ſur mer il gagna. Ma
mere, qui grandement me chérit, onc
ne voulut me laiſſer courre même riſ-
que ; ne put m'empêcher pourtant de
ſuivre les étendards de Sire de la Tré-
moille. Or, touchois ja à ma dix-neu-
vieme année, ſans que Dame, ni Damoiſelle quelconque , euſſent troublé
ma fantaiſie. Toutefois courtois j'étois

avec toutes, & me plaifois grandement
à leur entour. Les hantois de préférence
à mes plus chers camarades ; fur-tout
une mienne coufine, d'humeur plaifante
au poffible. Plufieurs Cavaliers la pour-
chaffoient (en tout honneur s'entend):
icelle, d'humeur folichonne, appréhendoit les entraves d'hymen. Jurer à un
homme d'être fienne, fans reftriction,
lui fembloit jurement hafardeux. D'aucuns crurent que c'étoit moi qui l'in-
duifois dans de tels penfers. Deux de
fes amoureux m'encontrent un jour,
me difent paroles meffféantes. Je ré-
ponds comme il eft requis en cas pareil. Un d'iceux m'attaque. Je me déf-
fends, comme penfez. L'autre eft affez
felon pour fe mettre de la partie ; de
forte qu'avois plus de befogne que n'en
pouvois faire. Beaucoup me regardent,
mais aucuns ne me fecourent ; fi ce
n'eft belle Damoifelle, que mon bon
Ange, faut le croire, conduifit à mon

entour. Mue de compaſſion de me voir
ja tout empourpré de mon ſang, elle
fend la preſſe, diſant : » Quoi! vous
» laiſſez occire ainſi ce blond jouven-
» cel? Puis ſe mettant tout juſtement
derriere un de ces lâches, voilà qu'elle
empoigne de ſes deux mains la garde
de ſon épée, & lui arrache, comme il
m'en alloit pourfendre l'eſtomach ; puis
ferrant ladite épée, de ſes doigts mignons, elle la rompt, la jette au loin,
diſant : » Allez, méchant, ne devez plus
» porter des armes ; trop indigne vous
» en êtes «. Tous deux tournent le dos,
& s'en vont honnis d'un chacun, tandis
qu'Agathe Mignard (ſe nomme ainſi
cette loyale Damoiſelle) s'attire l'ad-
miration de tous, d'autant que pas un
n'avoit eu le courage d'agir mêmement.
Pour moi, plus ne m'appercevois du
ſang qu'avois perdu ; cetui qui me reſ-
toit prenoit nouvelle vigueur près de la
belle Agathe. Tombant à deux genoux,

aux pieds d'icelle qu'embraſſai fortement : » O Dame incomparable ! m'é-
» criai-je, ces jours dont ſuis redevable
» à votre courtoiſie, ſouffrez que vous
» les conſacre, & que ſois votre ſerf
» juſqu'au dernier ſopir «. Puis m'apperçus que ſon beau bras étoit enſan-
glanté, pource que le fer dont icelle
s'étoit ſaiſie étoit tranchant ; ce qui me
cauſa grande ſouleur. M'apperçus auſſi
que ſon teint blémiſſoit : bref, on nous
fait entrer dans une ſalle baſſe, où il
ſurvint un panſeur. Agathe envoya que-
rir Meſſire ſon pere, qui ravi d'aiſe fut
des proüeſſes de ſa jouvencelle, eſti-
mant le courage plus que choſe quelconque. Auſſi jadis ſon métier étoit d'en
avoir. Moi me dépitois contre ma grande débilité, qui me força de quitter une
famille à laquelle déſirois déja d'être
adjoint. Fallut au plutôt m'éconduire
chez Madame ma mere, puis me cou-
cher.

CHAPITRE IV.

Comment Jacques Feru est enamouré,
& par quel bonne encontre icelui
reçoit visite de sa Dame.

A R R I V É que je fus chez ma mere,
grandement je m'étendis sur la généro-
sité d'Agathe, ne pouvois parler que
d'icelle ; & quand n'en disois rien, c'est
qu'on ne vouloit me laisser parler à
cause de mon mal. Malgré ce, sa douce
image ne me quittoit ne plus ne moins
que ma chemise ; toujours mon penser
me portoit vers elle. Si son merveilleux
courage me touchoit, certes n'oubliois
pas non plus son gentil corsage, sa
peau blanche , & qui paroissoit bien
doucette, son pied mignon, son bras
rondelet, ses blondes tresses ; bref, sa
voix argentine . . . . . . si bien que me
vouloit mal d'être gisant dans un lit,
tandis que m'auroit fallu être aux pieds

d'icelle , qui fi gaillardement expofa
tant de charmes pour moi chétif : mais
j'eus pourtant un grand reconfort, comme allez voir.

N'eus befoin de prier beaucoup ma
mere d'aller chez pere Mignard s'enquêter de fa jouvencelle ; de fon chef
y fut fouventes fois Madame ma mere.
Pere Mignard, non moins civil, à fon
tour me fait vifite. Moi tout auffitôt lui
parlai de la Dame de mes penfées, lui
témoignai le defir qu'avois de fçavoir
nouvelles de fa fanté. » Elle eft guarie,
» dit pere Mignard . Moi n'en veux
rien croire. » Oh bien , ajoute icelui,
» incrédule que vous êtes , quand la
» verrez le croirez-vous ? car vois bien
» que faudra vous la mener «. Que
cette tant douce parole me caufa d'al-
legreffe ! Mes forces prefque aux abois,
reprinrent leur vigueur coutumiere :
mais quel baume reftaurant fe gliffa
dans mes veines , quand l'autre demain.

vint cette douce amie ! . . . Malgré ma
redevance envers icelle, voilà que d'un
air benin, elle approche de ma couche
& s'enquête de mon état ; moi n'ai
plus que la faculté de fentir, la joye
me fuffoque ; Pere Mignard laffé de
mon idioterie, fe met à devifer avec
Madame ma Mere, puis me voilà comme feul avec ma mie. Se donces œil-
lades me réconforterent ; j'ofai lui dire
le fecret de mon cœur, mais point ne
vouloit me croire, & de cette voix qui
diftiloit miel & fucre dans tous mes
fens, elles prononça paroles, non con-
folantes;»Crois bien qu'honnête garçon
vous êtes, Meffire Jacques, difoit icelle : mais tout adolefcent eft enclin à
la vanité ; ce pouvoit-il pas que me
» croyez férue de votre mérite, pour
» ce que j'ai eu l'heur de vous fecourir ?
» Dieu fçait pourtant que lors que
» vous vis entouré de ces vauriens, c'é-
» toit bien la premiere fois que voyois

votre face : ce qu'ai fait pour vous,
las ! l'aurois fait pour tout autre :
suffit d'être chrétienne pour ce... Eh!
n' ppréhendez pas , dis-je en l'inter-
mpant , que Jacques Féru soit vaniteux ; ne voit que trop qu'il n'a l'encontre de vous plaire ; quoique ce, ne
pouvez empêcher que ne sois vôtre ;
& veuillez ne veuillez pas , toujours
le serai. « Ma belle amie ne dit rien
lus , mais ses yeux craignoient l'en-
ontre des miens : ses joues rondelettes
e coloroient ; ce que je prins pour bon
ignal. Quoique jeunet encore , ja me
onnoissois en amoureuses feintises.

CHAPITRE V.

Jacques Féru, induit à mal par ses Compagnons, a de l'oubliance envers sa Mie.

GUari je fus bientôt, parce que le cœur me difoit, que point ne déplaifois à ma mie; mais le cœur nous trompe par fois. Cette douce mie, fi courtoife, fi pitoyable, ne donnoit nul allege- ment à mes peines, pour ce que n'avoit de fiance aucune aux maux qu'amour caufe. Quoiqu'àgée de 17 ans, icelle croyoit que c'étoit par us & coûtume qu'on aimoit, & non par redevance envers Dame nature. Dans mon dépit je maudiffois fon innocence, bien qu'un chacun la défire dans fa Dame. O! quel métier que cetui d'aimer! à mon dire c'eft bien le plus rude de tous. Voyant que fortement je me dolentois, Da- moifelle Agathe m'éconduit vers fon

Pere ; comme fi les amans ont fe fou-
cient d'iceux ; difoit ma mie , que Fille
honnête ne pouvoit engager fon cœur ,
ans le vouloir de fes parens, comme fi le
œu avoit le tems d'attendre. Oh ! que
cette honnêteté me caufa d'angoifes!

Fus trouver un jour Pere Mignard ,
pour lui donner affûrance que n'aurois
d'autre femme que fa gentille Damoifelle , fi toutefois il l'adhéroit ; finon
que , reftrois jeune homme tant qu'aurois fouffle de vie : ce qu'ayant oüi Pere
Mignard , en eut quelqu'émouvance :
plus enclin il étoit à la tendreté que fa
jouvencelle : donc me dit , que vouloit
bien me la bailler , me croyant bon
Compagnon , & preux Chevalier en
tout point ; mais que falloit attendre
encore parce qu'icelle étoit par trop
jeunette. Sans m'avifer de ringracier
mon futur beau-Pere , tout de fuite je
cours vers ma belle amie, lui faire part
du tant doux efpoir dont on leurroit
mon amour : authorifée qu'elle étoit

par Meſſire ſon Pere, fut plus accorte
envers moi, mais pas tant qu'aurois
voûlu; toujours ſon honnêteté gour-
mandoit mon vouloir; bien que voyois
ſouvent ma Dame, n'avois pas encore
tout ce que déſirois: me ſemble qu'aurois été content, ſi ſeulement j'avois ſçû
quand ſeroit tout-à-fait mienne; donc
le demandai à Pere Mignard: le bon-
homme gauchiſſant dans ſa réponſe, dit
que ſeroit tems aſſez quand madite
Dame auroit vingt-cinq ans. A ce dur
propos, j'eus peine à cacher mon ire:
comme icelui faiſoit le diſeteux, ce peut
qu'appréhendoit les frais d'un acoutre-
ment nouvel. Las! nul beſoin n'en avoit
ma mie, nature l'avoit trop bien acou-
trée: croyoit peut-être auſſi que pre-
nois femme pour avoit dot; ſe trompoit
grandement: qu'eſt-ce qu'or & argent,
auprès d'une mie? Lors fus conter mes
doléances à Madame ma Mere. Ne voi-
là-t-il pas qu'auſſi elle dit qu'étois par
trop

trop adolescent pour me marier , moi sçavois bien le contraire.

Sur ces entrefaites on parle de batailler. Sire de la Tremoille nous ordonne de cheminer vers la Bretagne , comme sçavez , mon féal. On ne peut que je crois me taxer de couardise;mais fus contristé au possible , quand fallut quitter mon amie , n'ayant d'icelle aucune assûrance si je lui advenois, & ne sçachant quand seroit mienne ; épandis donc moult pleurs , tant amour nous rend piteux ; le voyage voire même ne me donnoit nulle oubliance de mon mal. Mes camarades surpris de ma dolence , s'inquietent qu'est que c'est qui la cause : quand sçurent que c'étoit les rigueurs de ma Dame , iceux firent des risées de mes angoises ; incrédules qu'ils étoient , ne croyoient ni aux esprits, ni à la vertu des Damoiselles: ne disoient-ils pas ces gaufeux , que si ma chere Agathe n'avoit émouvance aucune de

B

mes peines, c'eſt qu'étoit plus accorte pour autre ami, que n'étoit jouven-celle tant jeunette, qui n'eût le ſien. Croyez bien que n'avois foi quelcon-que à ces blaſphêmes, pourtant par fois cela troubloit mon penſer. Arrivés en Bretagne, voilà que nous ſéjournons à S. Brieu, Gentille Ville, où ſe trou-vent plus gentilles Damoiſelles encore : mes camarades, poſſédés que je crois du malin eſprit, me firent comparoître de-vant ces gentilles Bretonnes, qui douces au poſſible, eurent politeſſe bien grande pour moi ; & moi qui ne voulois paroî-tre incivil, répondis courtoiſement à la courtoiſie d'icelles : puis leſdits ca-marades les previnrent que jovial j'étois; & comme ſçais qu'en tout faut com-plaire aux Dames, de mon mieux je fis pour les éjoüir : mais las ! bientôt ce fut ſans feintiſe, car il advint qu'elles m'éjoüirent auſſi ; ce peut - il autre-ment ? comment ne s'amuſer près de ce

fexe tant benin ? s'il eft fecret pour ce,
voudrois bien l'apprendre : vous dirai
donc que ne lui trouve défaut aucun ;
tout me plaît dans icelui, fes devis, fes
propos, fes clameurs, fes dépitemens,
fon babil, fon filence, fa fimpleffe,
fa joye, voire même fes détreffes que
reffent mêmement ; de-rechef, le dis,
mon ami, tout me paroît plaifant dans
le gentil fexe féminin, fi ce n'eft toutefois les cruautés de ma mie : oh ! qu'il
eft donc difficile avec de tels penfers,
de n'être enamouré que d'une en tout !
Or fus, pour continuer ma déloyale
hiftoire, faut que fçachiez, l'ami, que
de toutes les Damoifelles de S. Brieu,
une entr'autres, nommée Jeanne, dite
Bon-Port, eut plus de gracieufeté pour
moi que pas une, & pour cetuite rai-
fon en eus plus auffi pour icelle.

CHAPITRE VI.

Où l'on trouvera la finition du récit de Jacques Féru, & comment icelui s'avise d'envoyer son ami vers sa Dame.

Vous dirai donc, pour l'acquit de ma conscience, mon bon ami, que ladite Jeanne étoit bien advenante, sa taille étoit haute, son poil noir ; malgré ce, n'avoit rudesse quelconque, aucun ne s'en plaignoit, tant grande étoit sa complaisance ; toutefois ses mignardises n'ôterent pas entierement de mon penser ma chere Agathe ; me remémorois par fois, que devois la vie à cette honnête Damoiselle : las ! quand près d'icelle j'étois, onc ne songeois à d'autres : seulement aurois voulu que plus accorte elle fût pour mon amour ; quoique soit ne lui aurois manqué que je crois, sans ce mal-encontreux voyage de Bretagne ; l'heur feulement fut pour notre preux Général , qui gagna la Bataille. En cheminant, maintes fois écrivis à ma mie , mais du depuis qu'ai failli , ne fuis plus affez ofé pour le faire : de vrai lui dirai-je que mon ame s'eft confervée pour icelle , non polliie ; tandis que Madame ma Mere toujours m'a commandé de ne ja mentir , me flattois que le bruit de mes méfaits n'iroit jufqu'à ma mie , que revenu de mon enivrement rien ne m'empêcheroit d'être fien. Me trompois lourdement , comme voyez , l'ami , puifque du tout elle eft inftruite, & que Meffire fon Pere va la bailler pour femme à autre ami ; ce que ne fouffrirai pas deu, (continue Féru , tout enrougi par fon dépit,) non ne le fouffrirai onc , quand fçaurois m'attirer l'ire d'un chacun , voire même celle d'Agathe. Oh ! que fens bien maintenant qu'elle feule eft ma mie ! ne puis tant feulement fupporter le penfer, qu'autre que Jacques dira qu'elle eft fienne…. Las ! veuillez donc me confeiller, mon très cher, que faire en ce mal encontre?

Trouvai l'ami Féru grandement fautif envers la généreufe Agathe, mais ne le blâmai aucunement ; fe blamoit affez le pauvret, fon cœur tant étoit navré, qu'aurois bien voulu lui porter allégement. Lui confeillai d'aller plein de fa repentance aux pieds de fa Dame ; mais n'ofoit pas, trop honteux il étoit : fut réfolu qu'il écriroit au Pere, & puis à la fille, & que me chargerois des miffives ; à celle fin que puiffe le défendre. Donc demandai un congé, & pris mon élan devers Paris.

CHAPITRE VII.

Où l'on verra le contenu defdites mif-
fives, & comment Ambroife Incour
fut émerveillé des appas de Damoi-
felle Agathe.

FUs voir mere Féru, dès que je fus
arrivé, je fçus par icelle le défaroi de
mon pauvre ami : fçus auffi que Pere
Mignard ne vouloit onc en ouïr parler.
Ce donc je m'ébahiffois grandement
à mon dire, on doit pardonner toute
faute que mêmement on a pû com-
mettre. Nonobftant ce, fus chez ledit
Pere Mignard, & trouvai fa gentille
jouvencelle feulette : malgré les van-
teries que Féru m'avoit faites de fa mie,
en la voyant vis bien qu'il n'avoit tout
dit : mon cœur plus que mes yeux encore, furprins de tant de gentils appas,
me difoit que c'étoit grande fé-
lonie d'en perdre fouvenance : loin

d'oublier telle mie pour toute autre,
aurois oublié toute autre pour icelle,
voire même, qu'étois près d'oublier
mon ami; las! aurois bien mieux aimé
parler pour moi que pour icelui, le
blâmois trop pour trouver bonnes rai-
fons pour l'innocenter; tout ceci fut
donc caufe que reftai ne plus ne moins
qu'une ftatue : toutefois je reprins courage : l'honneur qui fait mouvoir tout
les cœurs François, au mien caufa quelqu'agitement ; & fans ofer regarder
en face cette toute belle, lui dis donc :
» Oh ! Dame incomparable ! fouffrez
» que vous préfente l'humble fupplique
» d'un mien ami, qu'eft dans la détreffe
» du depuis qu'il s'eft attiré votre ire,
» par la tant rare courtoifie dont vous
» lui donnâtes moult preuves. Le pau-
» vret vous conjure d'être mu de fa
» repentance ; & de ne ja feconder le
» grand courroux de Meffire votre Pe-
» re. Ah ! fi fçaviez combien de paf-

» fions nous pourchaffent , feriez moins
» furprinfe du manquement de Jacques.
» Quoique foit , cetui qui gît là-haut,
» pardonne ; par ainfi pardonnez donc,
» belle Dame , vous qu'êtes un de fes
» plus beaux ouvrages.

Puis la priai de fixer fes doux regards , fur ce que lui préfentois : ne
vouloit pas, mais fis fi bel & fi bien,
qu'icelle lut ce qu'allez lire.

COMPLAINTE

DE JACQUES FERU,

*Le plus contrit des ferviteurs de belle &
honnête Damoifelle Agathe Mignard.*

I. COUPLET.

O douce amie ! ô ma tant belle !
Toi qu'il eft vrai j'ai pu trahir ;
Croirois-je qu'une amour nouvelle
De mes méfaits va me punir ?
Onc n'attendrai dans ma détreffe
Que tu rejettes ce lien;

B v

Mais pourras-tu, gente Maitreſſe,
Moleſter un cœur qui fut tien ?

2. Las ! ſi voyois ma repentance ;
Et d'ardeur mon cœur ſe mouvoir ;
Ja le tien par accoutumance
Prendroit pitié de mon douloir :
Ah ! ſi d'une autre jouvencelle,
Ton ami fût énamouré ;
Récomparant Agathe à elle ;
Son amour plus eſt aſſûré.

3. Pardonne donc, tant douce mie ;
A qui ne vit plus que pour toi ;
N'aurois-tu veillé ſur ma vie
Que pour la mettre en deſaroi ?
S'il faut qu'autre ami te poſſede
Et que leuré ſoit mon déſir ;
Point ne prendrai d'autre remede
Voyant ſon heur, que de m'occir.

Tandis que liſoit la jouvencelle, ne
pouvois m'empêcher de la regarder :
ſes yeux étant baiſſés, me croyois bien
en ſûreté. Donc, je vis que quelques larmes couloient dans iceux, que ſon eſ-
tomac ſe mouvoit.... Bref, ne plai-

gnois plus tant l'ami Féru , puifqu'il
caufoit de l'émoi à fi gente perfonne :
e tançois même tout bas , de l'avoir ac-
cufée de rudeffe. Larmes plus précieufes
qu'or & diamant; fi par adventure, vous
vous étiez épandues pour Ambroife Incour , onc les plus riches Potentats n'e
pourroient fe dire plus chanfeux qu'i-
celui !

Quand la Damoifelle eut fini de
ire : » Sepeut, dit icelle, que Jacques
• ait de la repentance , mais du
» depuis fon manquement , mon ho-
» noré Pere mémement fe treuve en
» droit de manquer ; que votre ami
» l'appaife , après je verrai ce que fe-
» rai : fçavez, Meffire, que fille honnête
» en tout doit complaire à cetui qui l'a
» engendré : n'irai pas faire choir fon
» courroux fur mon chef, en faveur
» dudit Jacques,qui a démérité mon af-
» feċtion. Il eſt coupable, difois-je...puis
ne difois plus rien , pour ce que ne

pouvois plus rien dire : fauſſant ma pro-
meſſe , ne ceſſois de regarder cette
dangereuſe Damoiſelle ; diſant à part
moi, eſt elle donc ſi belle ? Las ! bien
mieux auroit valu m'enfuir ; quoique
ne ſoit le fait d'un brave Gendarme.
Voilà que Pere Mignard arrive , &
que la jouvencelle s'en va , diſant : par-
lez à Meſſire mon Pere. Moi tout con-
triſté m'anonce comme ami de Féru ;
ce qui rechigna la face du bonhomme ,
& tout en rechignant lut ce que lui
préſentai, & que voici.

L E T T R E

De Jacques Féru , *nagu re dit le*
Jovial, & qui s'eſt acquis le ſurnom
de larmoyant, du depuis qu'il a
encouru l'ire de ſon honoré Pere ,
Meſſire Mignard.

Bien *que m'ayez retiré ce doux nom,*
& qu'ayez dit à d'aucuns qui me l'ont

redit, que ne ferois point votre fils,
fouffrez qu'en mon penfer je croye encore l'être; & fongez qu'ayant perdu
Pere en bas-âge, il m'étoit bien con-
folant d'en retreuver un dans votre
courtoifie. Donc, ó mon honoré Pere,
gromelez contre votre fils, châtiez-le,
mais appellez-le mon fils; ayez fouvenance que jeuneffe eft fautive. Vous
qui fûtes jadis du tant noble métier
des armes, ayez fouvenance auffi combien de licence il entraîne : que de méfaits vous font confeillés! que de félons
exemples vous font donnés. Voire même par de preux Chevaliers, fidelles à
leur Prince, mais deloyaux pour leur
mie. Las! fi par inadvertance, ai failli envers la mienne, par la grande repentance qu'en ai; fens bien que ne
faillirai plus. Veuillez donc me rendre
votre benignité coutumiere; & dire à
votre jouvencelle, que toure de même elle
faffe. Ah! fi lui ordonnez de prendre

autre ami , si obéissante elle est , que
le fera? Donc faudroit lui dire aussi que
pour derniere grace , demande qu'icelle
assiste à mes funérailles; Jacques ne
peut vivre sans sa mie , puisque c'est
son ame.

De ce, Pere Mignard n'eut émouvance aucune ; ébloüi qu'il étoit par
les richesses du Citadin. » Voilà de
» mes Amans du jour , ce dit-il, qui
» toujours veulent s'occir, & toujours
» sont pleins de vie. N'en sera ne plus
» ne moins ; ne donne point ma jou-
» vencelle à de tels étournaux ; sera en
» plus sûres mains avec le Mari que lui
» baillerai, s'il n'a blonde criniere ,
» sens rassis il a ; toujours sera le tour-
» tereau de ma fille. Il n'y a Jean ni
» Jeanne qui tienne, ne suivra les con-
» seils des pervers, pour fausser sa foi.
Quidam de discourtoise mine vint
nous interrompre, à qui Pere Mi-

nard dit : venez çà, mon Gendre.
Moi confus de ce qu'on préfere ce vi-
age à mon ami, je tire ma révérence,
puis je m'en vais.

CHAPITRE VIII.

Ambroise Incour inſtruit l'ami Féru de
ſon malencontre. Ledit Ambroise eſt
traité déloyal par Agathe. Sçaurez
pourquoi quand aurez lu.

L Ors , fis ſçavoir à l'ami Féru ce
qu'étoit arrivé, mais ne lui dis pas tout ,
trop honteux j'étois de ma foibleſſe envers Damoiſelle Agathe. Ledit ami me
recrit longue jeremiade ; en fus , icelui
diſoit qu'alloit partir pour Paris , que
quartier d'hiver il y feroit. Moi
us bien faire, que de montrer ceci
à ſa Dame ; donc, je prends l'entour de
ſon logis , & la treuve encore ſeulette.
Toujours belle, toujours advenante,

me complaifois tant à la voir, que
cherchois fes beaux yeux, loin de les
fuir : aufli tout comme deux flambeaux
rayonans , ils confumoient ma potrine.
Lui dis donc, qu'avois reçu nouvelle
de l'ami, dont lui ferois part fi tel
étoit fon vouloir ; que verroit bien,
qu'il l'aimoit fans feintife.... Mais
m'interrompant la jouvencelle, dit que
n'en doutoit aucunement; mais que
falloit bien obéïr à fon honoré Pere
qui lui deftinoit autre ami. Voulus encore intercéder pour le mien, pource
que me fentois étrangement animé.
Parlai donc beaucoup, fans fçavoir
trop ce que difois. Aveugle que j'étois,
croyois toujours parler pour l'ami ...
Mais aux paroles fe joignent les geftes
expreffifs, faut le croire; car Agathe
effrayée appelle du fecours. A dire vrai,
elle s'effrayoit trop-tôt; puis me dit que
fuis deloyal envers icelle , deloyal envers mon ami , & mille fois plus dé-

oyal qu'icelui, qui onc ne fut si osé.
Las! lui auroit pardonné plutôt qu'à
moi; en cas pareil, faut-être amant ai-
né pour être absout. Qui fut bien con-
us? c'est Ambroise. les yeux fichés en
erre, n'osois me mouver. Ne trouvois rien à dire pour ma défense, tant
es méfaits nous coupent la parole: la
Jouvencelle avoit raison, me trouvois
bien coupable envers Féru. Ah! si l'a-
vois vû dans le moment, la foudre,
ou bien des revenans, m'auroient cau-
sé moins de frayeur! toutefois, je reprins mes forces, mais ce fut pour m'é-
loigner de ce qui me les faisoit perdre,
& promis bien à cette dangereuse Dame de ne la voir onc de ma vie.

CHAPITRE IX.

Où l'on verra les complaintes d'Am-
broise sur son forfait, & ce à quoi
il se résoud, puis les détresses d'Aga-
the ; bref, une grande entreprinse
qu'icelle met à fin.

QUand fus seul avec moi-même,
ne pouvois me consoler d'avoir été dé-
sireux de la Dame de mon ami : pour
m'en châtier fortement, fis vœux en
mon penser de ne plus voir femme aucune ; puis donnant l'essor à mes an-
goisses, je m'écriois : » Quel danger as-
» tu donc encouru, Ambroise? Siéges &
» Batailles sont moins périlleux pour
» toi que les beaux yeux d'Agathe ! O
» mon féal ! peu s'en est fallu que je
» n'aye oublié ma redevance envers
» toi. Mais vangé tu seras, onc n'en-
» tendras parler d'un deloyal : ne l'ac-

able pas de ton ire , est affez puni
'être privé des doux regards d'Aga-
ne O amour , illufoire fantaifie !
..-il que banniffiez la fainte amitié
e nos cœurs ? . . . Non , amitié fe-
a plus forte. Mais las ! . . . fuirai
s gentils appas d'Agathe.

Quand pere Mignard rentra en fon
is , fut bientôt imbu de ce qui s'é-
t paffé , ce qui fort le courrouça
tre Feru & puis contre moi , fit fer-
nt de rompre avec l'ami , puis fit
t préparer pour les noces de fa Jou-
celle. Lors quand fçus le malen-
tre qu'avois porté aux amours de mon
l, j'eus redoublement de repentance:
t de fuite quittai Paris ; mais n'ofois
urner à l'armée , craignois trop
encontrer cetui , que naguere je
cherchois, tout en me contriftant ;
rnai mes pas vers la Touraine , &
ns une épaiffe forêt qui s'y treuve ,
vifai ce que deviendrois. Las ! ne

pouvois rien réfoudre tant décon'ort
j'étois. Trouvai dans ladite forêt peti
cahute , qui me parut propre à gîter l
nuit: bref, fus m'approvifionner à l
ville voifine , & me voilà Hermite.

Pendant ce tems, Damoifelle Aga
the voit à fon dam , que tout fe pré
pare pour fon hymen, acoutremens
feftins, ménétriers, tout eft en branle
chacun s'éjouit , finon icelle. Las ! ne
fe foucie de mariage , & bien moin
encore du marié, en le recomparant à
Jacques , le trouvoit bien déplaifant
Cetui-ci étoit volage , c'eft vrai; mai
repentant, fon humeur étoit accorte
& fa face benigne , fi bien que tou
ceci agite le penfer de la Jouvencelle ,
ne peut fe réfoudre icelle d'en parler
à Meffire fon pere. Trop de timidité
nuit par fois : Agathe ne parle , mais
agit. Tout juftement la veille de fes nô-
ces, elle fuit de la maifon , accoutrée
en Jouvenceau , pour tromper ceux

pourroient pourchaſſer ſes attraits.

fut bien ébahi ? c'eſt Meſſire ſon

, lors qu'icelui treuva ce qui ſuit

s la chambrette de la Jouvencelle.

eſſire mon pere ,

ous écris le penſer de mon cœur ,

rce que n'oſerois vous le dire , crains

votre courroux , & ſens bien que

le mérite ; mais las ! veuillez

ntendre , faut , dites - vous , ju-

au mari que vous me baillez , que

merai toujours ; ne peux dire ce ;

ntir , c'eſt trop grand péché ; me re-

en lieu ſaint , prier Dieu , ou le

nd Saint Georges , de changer mon

nſer , ou bien le vôtre ; quand ſçaurai

re ire adoucie , vous ferai ſçavoir

git votre Jouvencelle , qui toujours

us obéira , ſi ce n'eſt quand lui com-

enderez de prendre ami , qu'icelle ne

ut aimer.

CHAPITRE X.

Comment Jacques Feru se trouve
piteux état, leuré qu'il est p
pere Mignard, mais la joyeuse e
contre que ledit Jacques fait de
mie.

Ere Mignard se courrouça grand
ment à l'encontre d'Agathe, & puis
l'encontre de Jacques Feru, tant
croyoit qu'icelui avoit occasionné
fuite de sa Jouvencelle, vit bien pou
tant son innocence. quand le vit ar
river ce même jour-là, tout essouflé
demandant sa mie; mais ledit Per
voulant qu'un chacun eût le cœur na
vré comme icelui, eut bien la rudess
de dire à ce pauvre garçon, que s
Dame étoit mariée, & que plus n
s'en enquête. Oh! c'est à présen
que ne puis peindre l'extrême angoisse

mon féal. M'a dit du depuis , qu'il
poignit l'estomach , & dit mainte
is fa coulpe ; puis , fuivant confeil de
n dépit , vouloit s'occir , lors difoit :

Faut mourir , j'ai perdu ma mie ,
Plus de plaifirs jamais n'aurai ;
ous ils gifoient au cœur de mon amie ;
lle me l'ôte , ailleurs n'en chercherai ;
Faut mourir , j'ai perdu ma mie.

Adieu, joye & mélancolie ,
Faut tout quitter , bons & méchans ;
dieu fur-tout, amis de tromperie
ui m'induifiez à trahir mes fermens ;
Faut mourir , &c.

O ! ma Dame , vous facrifie
Ces jours pour qui prîtes fouci ;
as ! ne pourriez me rendre encore la vie ,
uifque je fçai qu'avez un autre ami ,
Faut mourir , j'ai perdu ma mie.

Après ce , il fonge s'il déchargera
a carabine , ou bien s'il tirera fa per-
uifanne .... Mais tout-à-coup il s'a-
vife qu'il eft Chrétien. » O malheureux,

» fe dit-il ! perds-tu fouvenance que t'es
» baptifé, ta vie eft à cetui qui t'en
» laiffe jouiffance tant que fon vouloir
» le requérera. Ne peux en difpofer,
» c'eft bien affez voirment de s'être at-
» tiré l'ire de fa Dame, fans encou-
» rir encor celle de fon Dieu ! Vivons
» pour fouffrir .... Mais fi mes cama-
» rades me voyent plorer ma mie, fe
» gaufferont encore de moi : eh bien ,
» laiffons ces pervers. Enrôlons-noūs
» dans la Milice Chrétienne. Cela dit,
» s'achemine le défolé Jouvencel de-
» vers Amboife, réfolu de s'enfermer
» dans un Couvent de Minimes qu'é-
» toit dans ladite Ville. Or pendant
qu'il fait alte dans un bois au loin,
il entend gentille voix féminine qui
fe dolente ; auffi-tôt il hauffe le col
pour mieux ouïr , retient fes foupirs,
s'approche en tapinois fur le bout
du pied, à celle fin que la Pélerine toujours croye être feulette. Ne pouvoit la
voir ; mais entendit bien ceci.

ROMANCE

R O M A N C E.

.DAns tes amours, pourquoi, pauvrette,
Choisir Jouvencel si courtois ?
Par-là tu vois chaque fillette
Vouloir faire brêche à ton choix ;
Jacques peut en voir de plus belles ;
Mais n'en verra de plus fidelles.

2. J'écarte au loin de ma pensée
Son image souventes fois ;
Mais quand l'en crois bien effacée
Dedans mon cœur je la revois.
Jacques, &c.

3. Maints serviteurs, contre ma guise ;
Voudroient remplacer mon ami ;
Mais, las ! s'il a de la feintise,
Que feront donc autres que lui ?
Jacques, &c.

4. N'ai plus désir qu'être Moinesse
Depuis que sçais qu'il m'a quitté ;
Mieux vaut rougir de ma simplesse,
Qu'imiter sa déloyauté.
Jacques, &c.

5. Veuille le Ciel dans ma retraite,
Ne m'eſtre propice à demi,
Si toutefois il ne rejette
Un cœur rempli de ſon ami :
Jacques peut en voir de plus belles,
Mais n'en verra de plus fidelles.

N'aguere, ne pouvois exprimer la
détreſſe de l'ami Feru, & à cette heu-
re, ne puis rendre ſa joyeuſeté,
puis ſeulement la penſer ; fortuné qui
la ſent : en effet, croyez-vous, Meſſi-
res les Jouvencels, qu'il ſoit ſympho-
nie quelconque, récomparable à la
voix de ſa mie ? Car il eſt temps de
vous dire que cette tant douce voix eſt
celle de Damoiſelle Agathe, qui, tout
en cherchant Couvent de Nones, s'ar-
rête par cas fortuit dans le même bois,
où étoit ſon ſerviteur. Or depuis ce,
crois bien qu'il y a ſympathie entre les
Amans. Donc, pour revenir à cette
joyeuſe encontre, Jacques a peine à con-
tenir ſon allégreſſe ; il retreuve ſa mie,

elle eſt ſienne, il a oüi de ſes propres oreil-
les , qu'icelle ne veut choiſir autre ami
Un buiſſon les ſépare ; Jacques le fran-
chit comme penſez ; mais quelle eſt
ſa ſurpriſe de voir un Jouvenceau! Toutefois Feru ne ſe laiſſe pas leurer par l'ac-
coutrement ; croit plutôt ſon cœur,
qu'eſt toujours l'oracle des amoureux ;
ſe laiſſe choir aux genoux de ſa Dame,
& ne s'en veut relever , qu'icelle ne
l'ait abſout. Quand cela fut fait , les
voilà qui s'aſſoient.

CONCLUSION
de ladite Histoire.

QUOI ! c'est vous, Jacques, dit
Agathe ? Oui, Madame. Où donc allez ? J'allois me faire Moine, Madame, pour ce que Messire votre pere
m'a dit qu'aviez choisi autre ami en
face d'Eglise. Las ! non, ne l'ai voulu ;
& quand même, ne suis seule au
monde ; connoissez bien d'autres Damoiselles, plus accortes sans doute ;
quand ne seroit que Jeanne Bon-Port.
Ce peut que connoisse Damoiselles ai-
mables, ajoute Jacques, tout honteux,
mais sçais bien que onc n'en connoîtrai
de plus aimée que vous. Or puisque
m'avez pardonné, belle Dame, veuillez
donc, je vous prie, perdre souvenance
du passé : dites-moi tant seulement où
se portent vos pas mignons ? Dans cou-

vent de Filles , pour ce que vais me
faire Moineſſe. Quoi ! n'en perdez le
vouloir ? J'appréhende l'ire de mon
Pere : ſi me défend de vous prendre
pour ami , crois bien que ne m'empé-
chera de prendre cetui qu'eſt là-haut.
Que feriez à ma place ? dites, Meſſire
Jacques , ajoute la Jouvencelle d'un
ton doucet. Le ſçai bien , mais n'o-
ſerois le dire , Madame. Tout en de-
viſant le jour baiſſoit. Moi , affublé de
mon habit d'hermite, j'étois allé aux
entours de la forêt , & j'arrive tout juſtement quand nos deux amans s'y treu-
verent. Fut bien ébahi de pareille vi-
ſion, malgré la confuſion que devois en
avoir ; je m'en éjouis grandement pour
ce que penſois bien , que point ne leur
déplaiſoit cet encontre. Toutefois, me
détournai d'iceux ; mais inutilement :
inquiets de ſçavoir où paſſeroient la
nuitée , les voilà qui m'entourent pour
s'en enquêter. Moi , comme un incivil ,

continuois de cheminer ; point ne s'en
souciſſent; l'habit ne feſoit le Moine, ils
me connurent. Jacques me ſaute au col;
Agathe rougit. J'avoue humblement
mes méfaits à mon féal, & en demande
pardon à ce couple gentil. L'ami fut ſi
touché de mon douloir, qu'il treuvoit
moult raiſon pour me blanchir. Las ! ſça-
voit combien notre foibleſſe eſt grande,
prenoit pitié de ſes ſemblables, voulut
que ſa Dame me pardonnât; mêmement,
icelle le fit ; mais cette honnête Dame
devenoit ſoucieuſe au ſujet de tout ceci.
Craignant le dire d'un chacun, & ſur-
tout celui de Meſſire ſon pere : » On
» croira, ſe diſoit elle, qu'ai donné le
» mot à Jacques. Ah ! ne puis trop
» tôt le quitter ; lui plore comme un
» enfant; allez donc chez des Nones,
» puiſque le voulez, Madame, lui di-
» ſoit-il ; mais promettez-moi de ne
» vous faire Moineſſe. » Fut réſolu que
moi ſeul la conduirois audit Couvent

à caufe de mon habit , qui chez les
Nonains eft en révérence ; tant d'honneur me touchoir peu ; craignois trop
de m'en rendre indigne : pour Agathe ,
ne me chériffoit affez pour me craindre ,
aimoit mieux la Jouvencelle être feule
avec moi , qu'avec fon ami. Nous
cheminâmes un peu tous trois ; puis
certain clocher contraignit Jacques de
s'éloigner ; il dit adieu à fa mie comme
fi ne devoit onc la revoir. Celle - ci
lui promit de fe conferver fienne , &
d'effayer d'amollir Meffire fon pere.
Bref me voilà feul avec cette gentille
fuyarde , tout vaniteux de pareil dé-
pôt & de la fiance qu'on me marquoit,
ma vertu s'en affermiffoit , ne me remémorois le paffé , qu'à celle fin qu'un
chacun en perde fouvenance : quand
Damoifelle Agathe fut en fûres mains :
m'en retournai dans ma Cellule , où
m'attendoit l'ami Feru ; ladite Damoifelle fit fçavoir à Meffire fon pere

là où elle étoit : y courut bien vîte
le bon-homme tout joyeux qu'il étoit
de retreuver son enfant , voire même
qu'il ne songeoit à la tancer , tant la
nature imprime je ne sçai quoi de
doux , que ne peux trop dire , pour
ce que ne suis lettré ; mais le sens
bien. Toutefois , après les épanche-
mens , pere Mignard sermona sa Jouvencelle ; car les peres ne sont chiches
de pareille monnoie , & les enfans , à
qui mieux mieux , s'évertuent pour en
mériter : après ce , voulut emmener la
Damoiselle ; mais cette-ci s'en défen-
doit , disant que se feroit Moinesse ; ce
qui fàcha bien pere Mignard , n'aimoit
en tout les cloîtrés ; & puis en outre ,
étoit bien aise que sa Jouvencelle eût
lignée , la laissa encore quelque tems :
puis un jour lui dit : » tu peux reve-
» nir, Agathe ; ne te forcerai point de
» prendre ami contre ton gré ; & si
» Jacques t'advient , mieux vaut encore

» te le bailler que te voir Moineſſe,
» bien que ce Jouvencel faſſe l'a-
» mour plus en chaſſeur qu'en loyal
» amant. Mais feras aſſez punie d'être
» ſienne, ſans-que davantage t'en faſſe
» reproche quelconque. Serois bien mal
» aviſée, mon honoré pere, répond
» Damoiſelle Agathe, ſi lorſque je
» refuſe le mari que m'offrez, j'allois
» en prendre un qui n'a l'heur de
» vous plaire : nenni dea, ne le ferai
» point ; ſuis aſſez chanſeuſe d'être en
» grace près de vous, ſans déſirer d'au-
» tre encontre ſi ce n'eſt la durée de
» votre loyauté.

Toutefois par les ſoins de mere
Feru, les méfaits de ſon ſien fils furent
oubliés, & d'une voix unanime cetui
eut ſa mie : qui fut bien aiſe ? Le laiſſe à
penſer à l'ami Lecteur. Dans les tranſ-
ports de ſa joyeuſeté, l'ami Feru diſoit
& puis ſa mie auſſi, car ne pouvois
chanter tout ſeul :

D U O.

Ô amour ! de tant d'allégreſſe
Ne puis que te ringracier ;
Si nous cauſas quelque detreſſe ,
Sçais bien comment nous en payer :
Envers toi ne peut être ingrate
Une ame où tu viens te loger :
Defie au fort de m'afliger

{ Tant qu'aurai mon Agathe ,
{ Si t'aime ton Agathe.

Lors quittai mon hermitage ; ne le
voulus plutôt , tant me méfiois de
moi - même : c'eſt le ſur moyen ,
dit on , de ne point faillir : ſûr j'étois
d'avoir révérence pour la femme de
mon ami ; mais pour ſa mie n'étoit ſi
révencieux : pris donc la coutumance de
voir ſans crainte cette gentille femme :
dans la ſuite m'acointai avec Dames
& Damoiſelles qui m'advinrent, & à qui
j'advins , ce peut qu'icelles n'étoient ſi
belles qu'Agathe ; mais ſuffit que me
ſembloient telles.

C'eſt dans l'opinion
Que tout git , ce dit-on.

Et puis , reſſemblois un peu à l'ami
Feru ; Dame cruelle ceſſoit bien-tôt
de me plaire. Mais pour revenir à cetui-
ci , changea étrangement , ſe corrigea
de ſon humeur volage par autre défaut;
il devint jaloux : c'eſt ainſi qu'une paſ-
ſion en gourmande une autre. Sa douce
amie s'en éjouiſſoit , elle prenoit ce
mal-encontre comme une aſſurance du
cœur de ſon ami; fit ſi bien par ſes ra-
res prévenances , que le mal n'empira,
& vécurent ainſi dans une grande al-
legreté ; fus toujours l'ami d'iceux ,
juſqu'au dernier ſopir de mon pauvre Feru , qui fut occis , moi à ſes cô-
tés , à la conquête du Milan , ſous
Louis XII. Mais aime mille fois
mieux finir ſon hiſtoire, que de parler
de ce tant piteux trépaſſement.

FIN.

Romances, et Duo

Mis en musique

PAR M^r. PAPAVOINE.

—

Amoroso.

Ô douce ami...e! Ô ma tant bel...le!

Toi qu'il est vrai j'ai pû tra...

...hir, Croirois-je qu'une a...

...mour nouvel...le, De mes mé...

...faits veut me punir? Onc n'atten...

...drai dans ma dé...tres...se,

Que tu rejettes ce... li... en;

Mais pourras tu gente mai

= tresse, Mo. les. ter un cœur,

qui fut tien!

Moderato. Faut mourir...

j'ai perdu ma mi. e! Plus de plai

= sirs ja. mais n'aurai: Tous ils gi

= soient au cœur de mon a mi. e.

Elle me l'ôte, ailleurs n'en cherche

rai. Faut mourir j'ai perdu ma

Romance.

mie. Dans tes a=

= mours, pourquoi pau_vret_te,

choisir Jouvencel si cour_tois?

Aussi tu vois chaque fillete

Vouloir faire brèche a ton choix.

Jacques, peut en voir de plus

bellas, Mais n'en verra de

plus fidelles.

DUO.

Tempo di Minuetto.

Ó... a..mour!

O.... a... mour!

de tant d'allegresses, Ne puis

de tant d'allegresses, Ne puis

que te regraci.er: Si nous cau

que te regraci.er:

= sa   quelques dé =

Si nous cau... sa quelques dé =

- tres ses, Sçais bien com = n

= tresses,

ment nous en pay=

Sçais bien comment nous en pay=

= ers En vers toi

En vers toi

ne peut ê tre ingra te, Il =

ne peut être ingrate, Il =

= ne ame ou tu viens te loger;

= ne ame ou tu viens te loger;

Défie au   sort

Défi . e   au

de   m'asti . ger, si

Sort de m'asti . ger,

t'ai . . . me ton Agathe.

Si jai le cœur d'Aga . the.

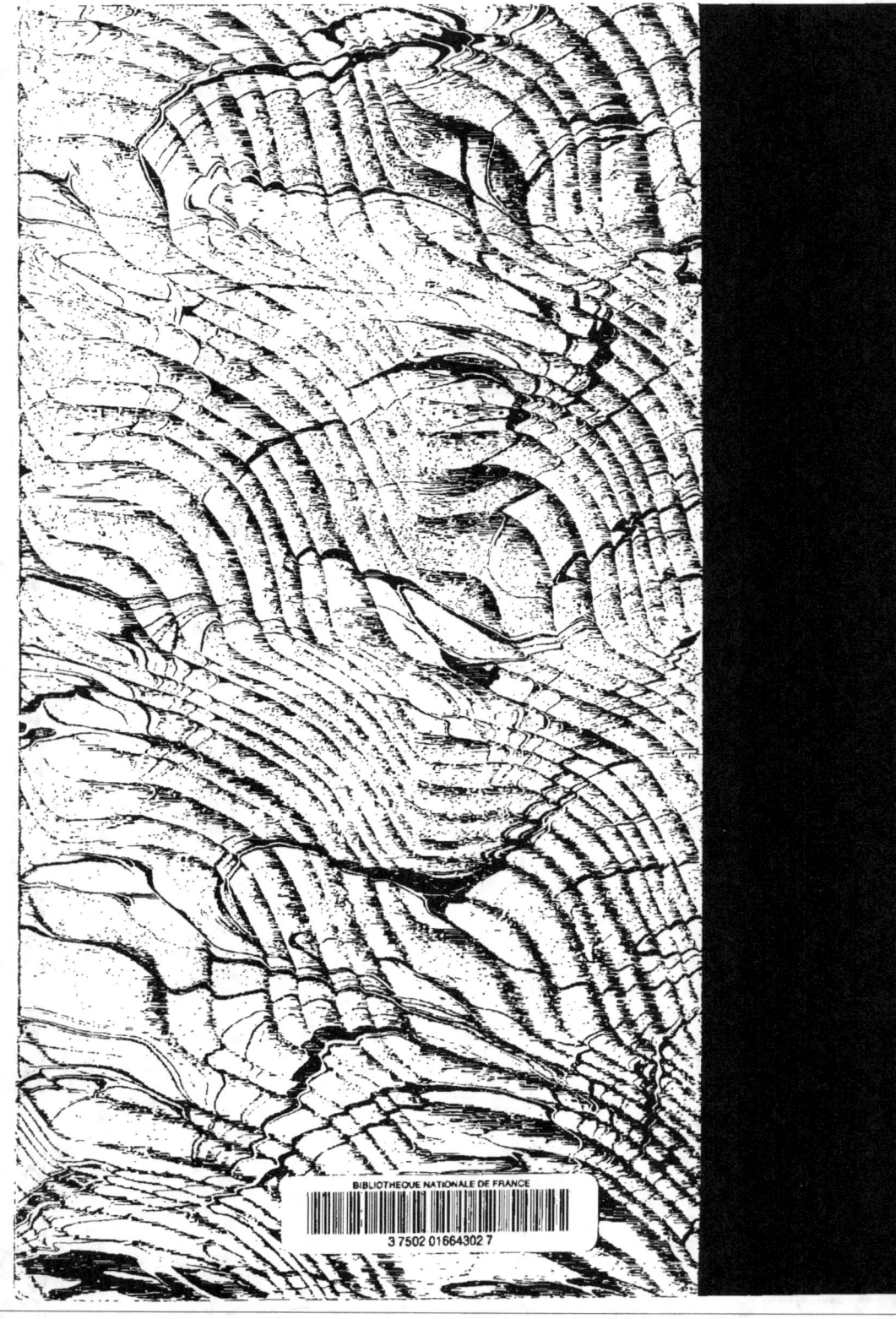

www.ingramcontent.com/pod-product-compliance
Lightning Source LLC
Chambersburg PA
CBHW070811260626
47161CB00006B/2244